노을빛 비치는
삶의 연가

서석노 시집

시음사
시사랑음악사랑

QR코드 스마트폰으로 QR 코드를 스캔하면
시낭송을 감상할 수 있습니다

 본문
시낭송
감상하기

 제목 : 빈 장독대
시낭송 : 박영애

 제목 : 아이 나무꾼
시낭송 : 최명자

 제목 : 첫 손님
시낭송 : 박영애

 제목 : 오래된 지붕
시낭송 : 박영애

 제목 : 빛바랜 소녀
시낭송 : 박영애

 제목 : 모정(母情)
시낭송 : 조한직

 제목 : 우리 엄마 소풍 가던 날
시낭송 : 박영애

 제목 : 퇴근길
시낭송 : 최명자

 제목 : 삶의 무게
시낭송 : 박영애

 제목 : 아버지
시낭송 : 박영애

 본문 시낭송 모음

영상은 YouTube 정책 또는 운영 관리에 따라 삭제될 수도 있습니다.

시인은 자연을 이야기하고 시낭송가는 자연을 품었다
글자는 날개를 달아 언어로 날고 소리는 자연에 눕는다

시인의 말

삶에 멍에에 매달려 쉼 없이 달리다가
뒤안길 돌아보니 어느새 중년의 노을빛

소싯적 좋아했던 글쓰기와 그림은
나나 세상은 시 쓰는 호사를 모른 체 했다
긴 시간이 지나 인생의 쌓인 먼지 털어내니
오롯이 남은 감성은 그대로 숨 쉬고 있었다
저녁노을은 짧아서 아름다운 줄 알았는데
일출부터 찬란한 한낮을 지나왔기 때문일 거다

살아온 날들을 감성 실어 시상으로 곱씹으니
이렇게 아름답고 감사한 줄 예전엔 왜 몰랐지
일과 사랑, 치열한 경쟁에서 더 높이 더 멀리 외치며
잠시도 멈추지 않은 도전의 성취와 좌절이
못 이룬 절반도 밑거름과 반성의 기회가
환호하며 이룬 절반도 교만이 섞여 있었더라
그리움이나 사랑이던 내가 느끼고 원한다면
지금도 주저 없이 그곳 향해 손짓하고 싶다

이것이 내가 시를 쓰는 이유다
앞으로도 계속 나의 속내를 시로 말하고 싶다

시인 서석노

* 목차

* 목차

* 목차

* 목차

빈 장독대

뒷마당 우물가 돌담 귀퉁이
되바라진 막돌 귀 맞춰 한자 남짓 쌓고
크고 작은 장 단지 가지런히 자리 잡은 장독대

봄에는 돌담 사이 개나리 피고 복사꽃 날리며
여름 말미 맨드라미 봉숭아꽃 수줍어 피는
엄마의 작은 쉼터 장독대
홀 시어머니 타박에 숨어 눈물짓고
또래 이웃 아낙 모여 앉아 수다 떨고
시어머니 장에 가신 날은 흥얼흥얼 콧노래
친정엄마 떠나신 날 소리죽여 울던 곳

간장 된장 고추장 아들딸 퍼주던 행복했던 자리
엄마 떠난 빈자리 장 단지들만 자리 지키고
파란 하늘 구름 사이 그리운 엄마 얼굴

제목 : 빈 장독대
시낭송 : 박영애
스마트폰으로 QR 코드를 스캔하면
시낭송을 감상할 수 있습니다

아이 나무꾼

닭 기상나팔 길게 울리면
방학 맞은 아이 이불 속에 머뭇대고
산 넘어 달려온 늦은 햇살 흰서리 녹이고
시래기 된장국 내음 부엌에 퍼지면
하루가 시작되는 겨울 아침

타닥타닥 외양간 옆 아버지 장작 패는 소리
작은 지게 낫 갈고 갈고리 챙겨 들고
앞집 아이들과 어울려 야산 오솔길 오르고
산등성 양지에 자리 잡아
잔가지 검불 갈잎 끌어모아 묶어
작은 지게 가득 차곡차곡 나뭇짐 귀엽다

오르막길 힘든 지게 숨 가쁘게 몰아쉬고
중턱에 옹달샘 물 달고 시원한 고드름 빨며
마당에 지게 받치면 반갑게 맞는 엄마 얼굴
의기양양 밥값 하니
짚불에 묻어 둔 군고구마가 꿀맛

제목 : 아이 나무꾼
시낭송 : 최명자
스마트폰으로 QR 코드를 스캔하면
시낭송을 감상할 수 있습니다

9

첫 손님

새벽 여명을 뚫는 당찬 울음소리
우리 집에 첫 손님은 그렇게 찾아왔다

너를 안은 첫 만남의 설렘과 감동
눈망울 똘망똘망 눈웃음 짓고
고사리손 저으며 집안 가득 행복 뿌렸지

이젠 세월 흘러 너도 어른이 되고
명절마다 첫 손님 되어 찾는다
아직도 내 눈에는 고사리손 같은 아이

떠나는 손님은 뒤통수 곱다던데
다 전해 주지 못한 아쉬움만 가득
애잔한 부모 가슴 구석 회상만 흐른다

손 흔들며 먼발치 서서 바라보니
민들레 꽃씨는 뿌리내려
무성히 자라 곱게 꽃 피우고 있다.

제목 : 첫 손님
시낭송 : 박영애
스마트폰으로 QR 코드를 스캔하면
시낭송을 감상할 수 있습니다

10

쌀밥나무

햇보리 물 알 들 즈음
나물죽 허기진 속 채우고

흰쌀밥 한 소쿠리 따서
밥상 가득 고봉밥 퍼서 나누고
누렁이 밥통도 가득 채우고
아직 수북이 남은 쌀
할머니는 누룩 섞어 술 담그고
엄마는 곱게 쪄서 백설기 만들자

눈부신 이팝나무꽃 그늘에
졸린 눈 미소 짓는 아이

기성회비

아침 종례 시간 종소리
선생님이 아이들 이름 부르고
내 이름도 불렀다

열 명쯤 교탁 옆에 나란히 서서
서로 눈치만 살피고
아니길 바라지만 어림없다
오늘도 화끈거리는 손바닥 비빈다

옆자리 옥이와 마주친 눈 돌리고
손바닥만큼 화끈거리는 귓불
선생님 훈시 들으며
내일까지 약속하지만

내일 손바닥 불나는 건 괜찮은데
그 아이와 눈 마주칠까 걱정

알람 소리

아이 적 이른 아침 건넛방 할머니 베틀 연주
중학생 때 방문 앞 아버지 마당 쓸며 헛기침
어머니 아침밥 짓는 달그락 그릇 소리

신혼 시절 옆구리 와 닿는 고운 감촉
새벽 귀가 숙취에 마누라 출근 독촉
입시생 아이 깨워 보내는 부산한 아침

아내 몰래 어둑한 방 더듬어 화장실 찾는 중년
인생의 알람 소리 바뀔 때마다
삶의 자취 뒤돌아보니
굽이굽이 나를 깨운 아침의 소리가
먼 길 걷다 보니
이젠 내가 자명종 되었구나

사랑의 파랑새

옅은 창가에 번지는 여명
작은 새 날갯소리

창틈으로 찾아온 연두색 내음
은은한 초록의 향기 스치고

곱고 화사하게 다가와
두근두근 가슴 벅차게
그렇게 곱게 내 곁으로
꽃잎처럼 사뿐히 내려앉는다

터질 듯 벅찬 가슴으로
사랑이 내게 왔다

청보리

산야의 초록빛은 짙게 물들고
하늘가 뭉게구름 곱게 퍼지고
아이 손잡고 들길 걷는 아낙

길섶에 이팝나무 탐스럽게 꽃 피우고
아이 눈에 쌀밥인 듯 배고파 울며 보채고
보리 이삭은 아직은 죽도 못 쑤는 물 알
눈물 자국 덜 마른 아이 눈이 애잔한데

야속한 보리는 더디게도 익는다
보리밭 눈길 준 아이 얼굴 바라보다
안타까워 홑적삼 소매 적시며
아이 달래는 어미 애간장 탄다

아내

사랑 화살 맞은 날
천상의 선녀를 만났고
수줍고 부드러운 새댁

산통을 이길 때는
숭고함과 연민을 가득 품었고
눈가에 이슬 맺힐 때
여린 새싹보다 더 애처롭더니

숨긴 비상금 들키고
카드 술값에 숙취보다 더 당하고
퇴직하는 날 감싸 안고 위로받고
그날 이후 나는 다시 초등생

반격을 꿈꾸다 된통 당하고
옆자리 호랑이 가늘게 코 고는 소리
또 다른 반란을 꿈꾸는 철없는 남자

병아리 울음

뒷마당 그늘진 모퉁이
고개 들고 슬피 우는 병아리

어미를 찾는지 동무를 놓친 게냐
우는 네 마음 딱하다만
맘껏 울다 보면
네 맘 풀리겠지

작은 날개 펴고 부리 다듬어
네 갈 길 홀로 찾아야지
너의 울음 속에 길이 있단다
너는 이제부터 시작이거든

오래된 지붕

가을걷이 끝나 노란색 볏짚 단장하고
처마에 제비집 참새집 품고
눈 녹은 처마 끝 고드름 주렁주렁

송아지 팔던 그해
기와지붕으로 단장하니
이사 간 참새 가족 그리웠지

긴 시간 지나더니
기왓장 사이 무성한 잡초에 바람 일고
하늘은 그때처럼 맑은데
주인은 간 곳이 없네

그 시절 그리워
눈가에 안개 피고 입가에 아련한 미소

제목 : 오래된 지붕
시낭송 : 박영애
스마트폰으로 QR 코드를 스캔하면
시낭송을 감상할 수 있습니다

엄마의 보리밥

짧은 여름밤 동트기 전에 달그락 달그락
꿈결 속에 들려오는 엄마의 이른 아침
물동이 이고 서너 번 부엌문 넘나들고

매캐한 짚불 연기 자욱이 퍼져 오르면
씻은 보리쌀 무쇠솥에 삶아내고
쌀 한줌 더 넣고 삶은 보리쌀 되 안치고
타닥타닥 아궁이 부지깽이 휘젓고
솥 옆구리 줄줄 눈물로 뜸 들이고

쌀밥 골라 할머니 밥, 아기 밥 따로 뜨고
휘휘 저어 놋쇠 그릇에 고봉으로 담아내고
대바구니에 삼베 깔아 보리밥 시렁에 걸어두고
애호박 청양고추 된장찌개 끓어내고
두리상 둘러앉아 후룩후룩 씹는 둥 삼키는 둥

오전 들일 마치고 등목 한번 하고
감나무 그늘 들마루에 점심상 펴고
찬 우물물에 식은 보리밥 말아
된장 찍은 고추 베어 편하게 씹어 넘기고

밥상 물린 한낮 마루 그늘에는 아버지 코골이 소리
미루나무 곁가지 매미 소리 장단 맞춘다

그분의 빈자리

길고 긴 여름 해가 한 발 남짓할 때
버거운 허리 펴고 지는 하루해 바라보며
도랑물에 구릿빛 목덜미 땀 씻어내고

겉보리 가마 소달구지 싣고 장에 가는 날
저울눈 바라보며 손에 종이돈 다져 쥐고
장마당 싸고 고운 아이 옷에 고등어 한 손 사 들고

주막집 마당에 돼지고기 굽는 냄새
고기 한 점에 맑은술에 고개 저으며
칼칼한 막걸리 한 사발 쭉 들이켜고
아쉬운 발길 돌리네

세월 앞에 지친 늙은 몸 홀로 누워
지는 저녁노을에 이슬 맺힌 눈길
늙으니 고깃국 맑은술도
물 한 모금 만도 못 하구나

뒤늦게 철든 자식 어버이 챙기지만
때 놓친 헛걸음 늦어서야 서럽다
떠날 날 코앞인데 걱정은 내 새끼들

어버이가 새끼 섬기는 내리사랑
묏등 어루만지며 늦은 나무람과 그리움
저녁노을 묏등에 붉게 비치고
바람 소리 하늘가 스쳐 가네

고목

봄바람에 언 땅 녹을 때
여린 싹 거친 땅 뚫고 나와
숨죽이며 버티고 싸워 왔네

작렬하는 태양과 거친 바람
폭우와 가뭄 속에 뿌리내리고
가지마다 주렁주렁 열매 매달고

세지도 못한 지난 푸르른 세월에
하나둘 늘어나는 색 바랜 가지
두꺼운 고목 껍질 사이 스치는 바람
우뚝 서서 자리 지키는 고목에
붉은 노을 곱게 비치네

* 2022년 10월 2일 석촌 호수 서울지회 시 짓기 대회 동상

춘설(春雪)

봄이 다가오는 산야에
하얀 눈송이 춤춘다

푸르른 소나무 가지에 하얀 이불 흰 저고리
낙엽수 가지에도 눈꽃 피었다
대지에 포근한 솜이불 덮어주고
화려한 봄날을 미리 알린다

다가오던 우수는 머뭇대고
땅속에는 새싹 준비 서두르는 소리
하얀 눈밭에 발자국 찍어
황홀한 세상을 바라보며
눈 오는 날 만나고 싶은 얼굴 아련히

빛바랜 소녀

긴 머리 찰랑이고 반짝이며 웃음 짓는 눈망울
앳된 소녀 같은 고운 피부와 해맑은 미소
다소곳하고 순정적인 새댁이 되어 내게로 왔었지

가장의 직업상 열서너 번 전국구 이사에도
삼 남매 힘겹게 홀로 키워도 항상 밝은 얼굴
시댁의 가풍에 집안 행사 순종하며 맏며느리 역할
고되고 힘든 기제사, 명절 시어머니 병치레

원치 않던 경제난과 비뚤어진 자식 일탈까지 겹쳐
자신의 모든 꿈과 소박한 소망마저 내던지고
소리 없이 견디고 넘겨야 했던 고난의 시간
육십 넘어 머릿결은 희끗희끗 서리가 내리고
눈가에는 가는 잔주름 미소는 여전히 곱구나

먼 길 달려오며 거친 파도 넘었고
올곧이 성장한 자식들 바라보니
아내, 엄마, 며느리로 견딜 수 있었던 건
아내의 깊고 숭고한 희생 때문이다
이제는 내가 그 사랑 되돌려 주리다
사랑하고 고마운 아내여!

제목 : 빛바랜 소녀
시낭송 : 박영애
스마트폰으로 QR 코드를 스캔하면
시낭송을 감상할 수 있습니다

사랑의 딱지

쪽빛 바닷가 언덕에서 선녀를 만났지
반짝이는 눈동자 초롱초롱 꿈을 꾸고
양 볼은 발그레 앵두 빛 연지 찍고
꽃잎 같은 입술에 입맞춤

사뿐한 걸음걸이 춤추는 손사래
묻어나는 싱그러운 달콤한 사랑의 향기
사랑을 보채면 자상한 모성이 보이고
사랑이 고프면 은근슬쩍 칭얼대고

몽돌해변 자갈과 파도 연주
눈밭에서 사랑싸움 뒹굴고
너는 오롯이 내 안에 녹아들었지
바닷가 풀밭 기대어 적신 입술의 알싸한 향기

문풍지 우는 겨울밤 뜨거운 입김 주고받고
대보름 창밖에 사각사각 다가오는 달빛 그림자
하늘의 별처럼 변치 않으리라 믿었는데
햇살에 사라지는 여명의 별같이
우리의 사랑 유성처럼 사라지고

포근한 봄바람 스칠 때 행여 내 사랑 오려나
가슴 한구석 희미한 첫사랑 딱지

첫사랑

은행잎 곱게 물든 그해 가을 기차역
긴 생머리에 눈이 예쁜 세라 교복 입은 여고생
처음 널 바라본 내 가슴은 벅차게 요동치고

긴 밤 설레며 쓰고 지우고 또 썼던 편지
분홍색 꽃무늬에 또박또박 써 내려간 화답을 받은 날
세상을 얻은 듯 기쁘고 하늘을 날아올랐지

아카시아 꽃향기 봄바람에 날리는 날
긴 머리카락 바람 따라 내 뺨을 간지럽히고
포갠 손등 사이로 전율이 와 닿고

여름날 풀밭에서 소나기 흠뻑 맞으며 마주 손잡고 뛰고
노란 낙엽 지는 은행 고목 아래서 두근두근 알싸한 첫 키스
눈 내리는 날 눈사람 만들다가 뒹굴뒹굴 같이 눈사람 되고

세 번의 봄, 여름, 가을, 겨울이 지나는 동안
켜켜이 쌓아온 사랑이 또 다른 거센 바람에 떠밀려
아픈 갈등 가슴앓이 못 견뎌 꼭 잡은 손 놓치고

이별의 절망감은 차츰차츰 삶에 씻겨 희석되고
계절마다 장소마다 떠오르는 첫사랑의 추억
발길 끊긴 그 기차역 빈 승강장
생머리 예쁜 눈의 여고생이 이른아른

엄마 냄새

엄마 소매에는 봄나물 냄새가 나고
물동이 이고 오는 젖은 적삼에는
수박 향기가 난다

호롱불 아래 바느질하는 손끝에는
가을 별빛이 보이고
동지섣달 얼어붙은 앞치마에는
고운 눈이 내리고

걷어찬 이불 도닥일 때
따스한 온풍이 불어오고
모락모락 김 오르는 밥상에는
깊고 높은 사랑이 담겨 있다

흰머리 사진 속 눈가에는
한없는 그리움이 묻어 있다

모정(母情)

금방 낳은 따끈한 달걀
앞섶에 숨기고
뒤꼍으로 불러 먹이시고
웃음 가득 띠우시며 돌아서는 어머니

여름 해가 서산마루 기울 즈음
보리밥 퍼낸 무쇠솥 바닥 긁어
노릿한 누룽지 둘둘 뭉쳐 주시고

고향 갈 때 돈 봉투 만들어
슬며시 드리면
배웅하시며 억지로 다시 내 주머니에

긴 세월 한없이 주시는 사랑인데
끝내 되갚지 못한 어머님 사랑
황량한 부엌과 잡초 우거진 뒤꼍에
그리움 바람 되어 스쳐 가네

제목 : 모정(母情)
시낭송 : 조한직
스마트폰으로 QR 코드를 스캔하면
시낭송을 감상할 수 있습니다

우리 엄마 소풍 가던 날

들마다 산마다 초록 향연 펼치고
꽃향기와 흙 내음 스미는 봄날
부드럽게 스치는 바람에
등 떠밀려 하늘하늘 날아

지친 세상만사 다 버리고
정다운 미소와 그리움 남긴 채
하늘 꽃밭으로 떠나시는 길

긴 세월 기억은 다 접어두고
소쩍새 울던 숲 맑은 하늘 건너
고요와 평안의 집으로 소풍 가셨다

나의 엄마여서 감사하고
한없이 주신 사랑과 희생을 고이 새겨
가슴 한구석에 묻어 두고
새삼 그리워 먹먹한 가슴
한없이 보고 싶습니다

제목 : 우리 엄마 소풍 가던 날
시낭송 : 박영애
스마트폰으로 QR 코드를 스캔하면
시낭송을 감상할 수 있습니다

가시나무

곱게 새순 자랄 때
푸르게 가지 뻗어도
그 빛깔은 항상 초록

숨긴 가시에 찔려도
가시가 더 아플 듯

나의 아픈 꽃씨들

기다림

찰나의 시간 속에
수백 번 손꼽으며
지루하고 은근한 기다림

숙제 못 한 학창 시절 매타작 생각하니
미리 아파보고 마음 졸인 기다림
영영 오지 않았으면 하는 기다림

새해에 백마 타고 올 것 같은 왕자님
흔한 사랑 미루던 긴긴날
마흔 처녀 가슴에 식어가는 간절함

석양에 노을빛 등지고
성큼성큼 사립문 들어서는 막내아들
노모의 애잔한 기다림

퇴근길

덜커덕 덜커덕
어둠 속의 또 다른 어두운 길
깊어가는 밤만큼 마음도 지치고

졸거나 외면하는 표정들
날마다 찾아드는 하루의 끝
실내 가득한 잡음과 찌든 술 내음

종점 역 알림 소리 실눈 치켜뜨며
풀린 긴장 추스르며 찌든 기세 털고
귓가에 마누라 잔소리가 윙윙

전철 안 창가에는 조명도 지치고
막차도 집 찾아가는 길
희미한 창밖에 낯익은 늙은이
마땅찮게 나를 바라본다.

제목 : 퇴근길
시낭송 : 최명자
스마트폰으로 QR 코드를 스캔하면
시낭송을 감상할 수 있습니다

김장

소슬바람 골목에 들이치고
김장 준비 바쁜 늦가을
마당에 쌓인 배추, 무, 시래기
우물가에 몰려 앉은 고무통 소금 자루

이웃 아낙들 김장 품앗이 웃음꽃 피며
입으로만 김장하는 영숙이 엄마
절인 배추 노란 속살이 보드랍고
감나무 단풍잎 버티다 떨어지는 뒷마당

초겨울 해가 서산 이마에 내려서면
김장독 묻는 아버지 삽질 바쁘다
김장 속 곱게 다져 넣고
둘둘 말아 입안 가득 채우면
알싸한 양념 냄새에 피로 날아가고

솥에서 끓고 있는 돼지고기는
구수한 냄새를 온 집안 풍기고
가족, 이웃 둘러앉아 막걸리 한잔에
보쌈 한입 가득 물면
겨울 김장에 온 가족 가슴이 뿌듯

봄의 소리

산 넘어 강 건너 먼 들판에서
아지랑이 봄바람 타고 살랑살랑
얼음골 응달에도 졸졸졸 봄이 흐르고
복숭아 살구나무 줄기 수줍은 분홍색

어미 따라 소풍 나온 병아리 떼
연두색 새싹이 부리를 간질간질
하품하는 송아지 건들거리는 장 닭도
담벼락 밑 양지에서 냉이도 수줍게 피고

겨울 내의 벗은 아낙의 맨살에도
처녀의 뒷덜미 봄 햇살 내리쬐고
삭풍에 꽁꽁 닫은 우리 마음 구석구석
콩닥거리는 가슴마다 봄이 와 닿는다

여름 향연

여름을 재촉하는 장대비
활기찬 신록의 녹색
굵은 빗줄기 잎사귀를 때리고

화려한 초록 봄날 꽃잎 지면
이제 수줍거나 피하지 않고
강해진 몸으로 여름에 던진다

점점 짓궂은 바람과 뜨거운 햇살은
위협과 유혹을 반복하며
강력한 여름의 향연의 장으로
우리를 부른다

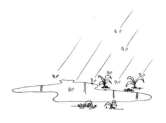

가을바람이 전하는 이야기

가을 저녁 휑한 들녘에 시린 바람 불어오고
서산에 해는 지고 노을마저 잿빛이네

갈대들 부대끼는 울음소리
먼 하늘길 떠나는 기러기 날갯소리

옷섶으로 스며드는 찬 서리 묻은 바람에
공허한 눈동자로 어두운 하늘 바라보니

떠난 사람 뒤 그림자 아련히 사라지고
눈가에 찬 서리만 맺히고

길고 지루한 인생길인 줄 알았는데
노을빛 끝난 서쪽 하늘가에 머물 때
노을보다 더 아름다운 것은
나의 삶이었다

늙은이 넋두리

어둑한 이른 새벽 소피 마려워
머리맡 더듬으며 눈을 비비면

무릎 언저리 모서리 받쳐 시큰거리고
변기 뚜껑 닫는 소리에 짜증 섞인 아내의 목소리
물 한 모금 마시고 다시 누우면
세상 걱정 혼자 다 하다 잠도 달아나고

오늘도 모자란 잠 깨어 하루가 시작
뉴스 틀어 놓고 세상사 바라보면
이놈의 정치는 잘하는 것인지 말아 먹는 것인지
서로 잘났다고 민낯 들이대는 상판 바라보면
없는 정 없는 밥맛 더 떨어지는 정치판

세금 고지서 뜯어보면 이젠 분노를 넘어서
정말이지 살기가 돋고 손이 떨린다.
하릴없이 저녁노을 질 때면
밥상머리 앉아 반찬 끄적거리다가
아내 눈살 곁눈으로 느끼면
허겁지겁 맛있다는 듯이 바쁘게 쑤셔 넣는다.

소파에서 눈치 없이 채널 건드리다
결국 한바탕 욕을 먹어야 하루의 일과 끝
꾸벅꾸벅 졸다 깨다 반복
툭 치는 아내 손에 화들짝 놀라
침대 속으로 쫓겨 이내 코 고는 소리

소싯적 설날

떡방앗간 큰 가마솥에 장작불 활활
무럭무럭 김 오르는 가래떡 자르고

아래채 큰솥에 종일 쌀 조청 고아
가지가지 강정 채반에 걸어두고
두부 끓이는 솥 뿌옇게 김 오르고
부엌에서 엄마는 고기 삶고 전 부치고

사랑방 구석에는 술 익는 냄새
용수 박아 청주 뜨고 막걸리 걸러내니
섣달 그믐밤은 한밤까지 분주한 엄마들
아이 어른 없이 삼삼오오 모여 밤새기

정월 초하룻날 설빔 입고 차례 모시고
가족 친척 둘러앉아 명절 음식 나누고
어른 순서대로 세배 올리고 덕담 받고
떡국 곶감 고기, 전 강정에 아이들 입 바쁘다

동네 큰 마당에 윷놀이판 벌어지고
액운 떨치는 지신 밟는 풍물 소리
막걸리 동이에 술잔 띄워 설음식 차려 놓고
덩실덩실 춤추고 정과 웃음이 가득하다

사랑방 군불

짧은 겨울 해 서산마루 걸리면
가마솥 아궁이 소죽 끓인다

검불에 잔가지 넣어 불씨 살리고
생나무 굵은 그루터기 도끼로 잘라
아궁이가 미어터지게 밀어 넣고
뿜어내는 애꿎은 연기에 손사래 치고

불꽃 일고 활활 타오르면
매운 눈물 가라앉고 눈부신 불꽃
낮은 연통에 연기가 하늘로 오르고
타닥타닥 불꽃 소리에 불 멍에 젖는다

방문 열어젖혀 매캐한 연기 내 보내고
왕골자리 방바닥은 온기가 오르고
아랫목은 뜨거워 엉덩이가 들썩들썩

마실 온 어르신들 새끼 꼬며 이야기꽃 피울 즈음
아궁이 넣어둔 고구마 익는 냄새
초저녁잠 많은 옆집 아재 코 고는 소리
엄동설한에도 봄날 같은 겨울 사랑방

봄날의 기억

굽은 길 돌아 햇살 비추는 작은 언덕 위
민들레 제비꽃 냉이꽃 새침하게 피어나고
아지랑이 살금살금 하늘 오를 때
오솔길 햇살 밟으며 따르던 소녀야

화사한 진달래 숨죽인 할미꽃 핀 언덕배기
병아리 부리같이 노란 새싹 쓰다듬고
먼 산 넘어 바람에 꽃향기 풀 향기 실어 나를 때
내 어깨 기대어 가늘고 고운 노래 부르던 봄 처녀

개울가 맑은 물소리 들녘에 보리 싹 산들산들
홑치마 자락 봄바람에 살갗 간지럽히고
목덜미 비친 봄 햇살에 분홍빛 볼이 발그레
긴 머리 옆으로 밀며 수줍은 미소 보낸 여인아

먼 길 돌고 돌아 마흔 번의 봄을 보내고
굽은 오솔길 진달래 할미꽃 아지랑이 반기고
바람에 실려 오는 봄 향기는 여전한데
그리운 사람은 젖은 눈가에 아른하다

태백산 눈꽃

턱까지 차오르는 가쁜 숨 몰아쉬며
순백의 솜뭉치 켜켜이 쌓이고

하늘 언저리 쉼 없이 하얀 꽃잎 뿌리고
작은 풀잎 가지마저 빈틈없는 상고대 눈부시고
억겁의 세월 속에 지켜온 영산의 언덕배기

푸르른 고색창연의 모습으로 세상 지켜보며
천년의 모진 풍파 이기며 독야청청 주목들이여
말없이 안기는 송이송이 받아 반기며
힘에 지친 곁가지 털어내고

인생 길어야 찰나의 세월
삼라만상 위대한 자연 조화에 고개 숙이며
속세에 찌든 삶 순백에 씻어내고
겸손히 자세 낮춰 하얀 구름길 거니누나

석양의 길손

화사한 꽃비 흩뿌리는 봄날
은하수 별빛 속으로 유영하듯
힘겹게 버티던 삶의 끈 놓아 버리고
홀가분한 빈손으로 길 떠나누나

속세에 부대낀 육신은 버려두고
희로애락 세상사 훌훌 털어 버린다
피붙이들 하나하나 석별의 정 나누고

애통한 자식들 눈물 배웅 뒤로하고
삶의 때 묻은 고향 산천 들어서니

길고 긴 인생 여정이 겨우 찰나일 뿐
봄바람 타고 오는 꽃향기 스치고
먼 산 아래 작은 언덕
나른한 영혼 깊은 잠 청한다

인생 텃밭

가슴속 긴 사연
꽃향기 피우고

홀씨 되어 훨훨
빈 땅에 살포시
뿌리내려 피우고

꽃망울 터트리며
인생사 노래하네

봄에 피는 여심

소쩍새 우는소리 봄밤 뒤척이다
단잠 속에 5월 햇살 창가에
5월의 아기 숨결 같은 바람 스치니

하늘가 옅은 구름 흘러가고
고운 바람 속살 간지럽다
꽃 물결 넘쳐흐르고
여인의 가슴속에 작은 파동

자주고동색 치마저고리
고운 양산 펼쳐 들고
봄날의 유혹 따라

먼발치 님의 손짓이 보일 듯 말듯
설래임 애써 감추고
가슴에 밀려오는 5월의 사랑 향기

습관적 갈증

하루해 기울고 느린 기지개
끝난 일과 석양에 던져 놓고
바삐 자리 털고 일어서

길거리 인파 늘어 가로등 비칠 때
잃어버린 듯한 뭔가 찾는
해 떨어지면 다가오는 갈증

하루의 피로를 씻는 건
당연히 한 잔의 술이지
앞다투어 자리 잡고
술 치는 아이 같은 중년들

첫 잔 들이켜 찌든 가슴 적시니
전율처럼 다가오는 목 넘김이여
하루의 끝을 맺는 퇴근 후
선술집

삶의 무게

쉼 없이 걸어온 긴 인생 여정
지나온 길 아련한 자취들
닳은 신발과 해진 옷은 바꾸면 되는데
노쇠한 육신 바꿀 곳 없네

젊을 때는 세상이 다 내 것 같더니
발길 재촉하는 무정한 세월은
어깨에 걸린 무게 버겁다
지친 발걸음에 짓눌려 무감각한 어깻죽지

끝난 줄 알았는데 또 오르막길
힘 풀려 체념하고 싶지만
신발 끈 고쳐 매고 지친 마음 다독이며
마지막 고갯길 되길 바라며 걷는다

고개중턱에 주저앉아 긴 한숨 몰아쉬며
남은 길 손꼽아 가늠해도 일흔이 코앞이네
저 오르막 끝에는 또 무슨 길이 있을는지
짐 내려놓고 쉴 곳은 어디 쯤 일까

제목 : 삶의 무게
시낭송 : 박영애
스마트폰으로 QR 코드를 스캔하면
시낭송을 감상할 수 있습니다

비 오는 퇴근길

희뿌연 저녁나절 길게 기지개
토닥토닥 빗소리 유리창 두드리고
거리의 네온사인 춤추는 우산 물결

아쉬운 발걸음 느릿느릿
매운 양념 향기 따라 단골집 들어가니
둥근 식탁 삼삼오오 둘러앉고

연탄불에 양념구이 냄새 피어오르고
첫 잔 삼킨 목구멍 넘어 전율 흐르고
쌓인 피로 술잔에 녹아내리고
퇴근길 시름도 빗물에 씻겨 흐른다

그 집 앞

하루해가 빌딩 숲 사이로 빨려들고
일상을 끝내거나 시작하는 저녁
도시 조명에 별빛도 달빛도 숨어버리고

네온사인 가로등 불빛 아래
왁자지껄 수다 떨며 삶의 냄새 풍기고
좁은 골목길 들어 어둑한 길모퉁이

낮게 어우러진 인적 뜸한 그 집 앞
귀퉁이에 선명한 간판 홀로 손짓하고
형광등 비치는 반쯤 연 쪽창에

생머리 묶고 개수대 앞에선 여인
스치듯 낯익은 얼굴 바라보며
불쑥 들어가 반가운 미소 받고 싶지만

행여나 외면할까 조바심에
굳이 행인인 체 걸어가며
오늘도 슬며시 그녀 바라보며 미소 짓는다

세월의 흔적

연두색 치마저고리 곱게 차려입고
사뿐사뿐 오솔길 들어서
저녁 해는 길게 그림자 만들고
석양에 햇살도 바람에 흔들리고
길섶에 다소곳이 가을바람 스친다

홀로 핀 들국화가 애잔 하구나
먼 뒤안길 자취 홀연히 돌아보며
새치 섞인 머리카락 바람에 흔들리고
그리움이 강물처럼 가슴 적시네

아픈 시월

오색빛깔로 단장한 가로수 너머
젊음의 활기 넘치는 골목길
들뜬 함성과 축제의 향연 기다리며
밀물처럼 몰려 꿈 가득 채운 골목길

물통 속에 갇혀 출렁이는 격랑 속에
출구 없는 아비규환의 장이 되고
갓 피어난 수많은 꽃봉오리
곱게 물든 시월의 단풍잎보다
더 빨리 스러진 아픈 좁다란 골목길

저며 드는 아픈 가슴 쓸어안고
아름다운 청춘들 차마 작별 인사 못하고
발갛게 치장한 낙엽이 더욱 고와
파란 하늘 바라보며 미안해 정말 사랑해
안타깝고 애처로운 늦은 시월의 밤

* 2022년 10월 29일 이태원 압사사고로 떠난 아름답고 젊은 넋을 기리며

묵은 것들

이리저리 둘러봐도 묵은 것들이 많다
새치 내려앉은 고운 아내 얼굴도 그렇고
거울을 바라보니 나 또한 묵었고

동창회 나가니 입가 눈가에 자글자글 주름 달고
목소리가 잘 안 들린다는 친구 놈도
맏딸 결혼식 때 입은 양복도 묵었다

곰삭은 젓갈처럼 어지간히 묵었고
만만한 것들이 하나 같이 묵어가고
묵은 것들이 없었다면 어쩔 뻔했나 싶다
같이 묵어 다행이야 참으로 다행이다

김장독 묵은 지 맛을 알고
장독대 묵은 된장 간장 고추장 깊은 맛
곰삭은 젓갈 넣은 겉절이 씹을 때도
아장아장 걷는 손주 바라볼 때도
묵은 것들이 있으니 저것이 있는 거지
묵은 것은 묵은 대로 이리 좋은 걸 싶다

소슬바람

새벽녘 귓등 스치는 바람 소리
지는 낙엽들의 작별 인사

뒤척이던 지난날의 덜 거둔 심사
이리 쌓고 저리 고치던 중년의 모래성
창가에 여명이 잦아들 때
매달린 가지 손 놓고 떨어지는 갈색 잎

하릴없이 바라보는 내 동무 같은 가을
언덕마루 우뚝 선 오래된 고목 마냥
비바람 삭풍에도 담담히 버텼는데
매달린 잔가지 바람 소리에도
아직도 조바심 이기지 못한
정처 없이 날리는 갈잎 같은 중년의 가슴

삶의 길

엄마 뱃속부터 힘들게 세상 나오니
어지간히 길이 많기도 하구나
호기심 가득한 처음 가는 길
가지 마라는데 꼭 가보고 싶은 길

뻔히 알면서 숨어든 길
서둘러 뛰어도 놓쳐 버린 길
거름지게 지고 장에 따라가던 무안한 길
고운 향기 따라 무작정 뛰어든 길
겁 없는 만용이 부른 가시밭길

되돌아오는 길 잃고 더 멀리 가버린 길
혼자 가야 할 외로운 길
싫지만 꼭 가야 할 낯설고 두려운 길
더 갈데없는 하늘 맞닿은 꼭대기에서
걸어온 멀고 먼 길 되돌아보니
헛되이 걸었던 길은 하나도 없구나

갈림길

숨 가쁘게 쫓기듯 달려 온 길
고개중턱에 서서 뒤돌아보니
생각보다 많이 바뀐 인생 뒤안길

어디서부터 잘못 걸어왔을까
마음 내키며 걸어온 길은 턱 없이 짧았다
지금 돌아가기엔 너무 멀고 아득하다

오후 중턱에 걸친 햇살 보며 생각 고치고
그래! 지금부터는 내 맘대로 걸어서 가보자
그래야 내 삶에 덜 미안할 거니까
마음에 숨은 또 다른 내가 하고 싶은 대로
가고 싶은 길 당당히 걷자

손가락질, 비아냥, 눈치 무시해 버리고

수국

하얀 목덜미 사이 긴 머리 날리며
맑은 눈빛 아래 옅은 분홍색 미소
늦여름 햇살 아래 한 송이 수국 같은 그녀

꽃잎에 입술 스치니 떨리는 어깨의 미동
차마 쓰다듬기도 가녀린 꽃잎이
소리 없이 열리며 작은 날갯짓
낮고 고운 현악기 연주가 사위에 퍼지고

알토 소프라노 뒤섞여 음정이 춤추고
심연의 바다에 깊이 빠진다
점점 데워지다 끓어올라 용천수 솟고
용광로 같은 뜨거운 열기 쏟아낸다
해일처럼 파도가 덮치고 물러나고

미풍에 꽃향기 실어 나르며
나른하고 달콤한 여운이 흐른다
비 온 뒤 물기 머금은 수국 한 송이

봄밤의 그리움

저녁 들녘에 사과 빛 노을 비치고
지저귀던 새들도 둥지 찾아 떠나면
먹빛 하늘에 별들을 하얗게 뿌려놓고

다소곳이 숨죽인 작은 등불 켜지면
나무 그늘 따라 희미한 작은 길섶
눈감아야 불빛 건너 비치는 님 모습
짙은 그림자 속 파르르 떠는 속눈썹

가슴 저미며 뭉클 솟는 그리움
가늘게 어깨 흔들며 솟아난 이슬방울
고운 볼 더듬어 은하수 되어 흐르고
아련히 멀어져 가는 소쩍새 울음소리
하얀 봄밤에 그리움만 별빛처럼 가물가물

삶과 끝의 방정식

가난한 앞집 아이들 배고파 울어도
내 그릇 고기 토막 작아 보이고
좁은 방에 다닥다닥 새우잠자고
넓은 대청 대자로 코 골고

옆쪽 논바닥 갈라지고 먼지 일어도
넘쳐나는 내 논의 물 넘기기 아까워
가을 추수 바리바리 쌀 넘쳐도
바가지 내미는 동냥아치 내쫓고

한파에 홑저고리로 버티는 이웃
솜이불 고쳐 매어 내 송아지나 덮어주고
가까운 친척 중병 걸려 사경을 헤매는데
내 손가락 박힌 가시 왜 그리 아픈지

목구멍 풀칠하기 바쁜 인생이나
고대광실에 쌓아놓은 보물이나
세상 떠나 북망산천 가는 길
너나 내나 빈손으로 갈 것을

만사 다 잊고 고요한 정토로 가거나
세상 부귀영화 그리워 미련 많은 인생이거나
바늘 하나 무게도 안 되는 삶의 차이인 것을

라면

초등학교 6학년 겨울 처음 만난 라면
15원짜리 라면을 국물은 가득 넣고
이렇게 맛있는 국물이 또 있을까
꼬들꼬들 졸깃졸깃 입속에 착착 감겨오고
이마에 송송 땀 배어나게 국물 마시고

다섯 식구가 국수에 라면 두 개 섞어 삶으니
그릇에 퍼주는 라면 아껴가며 먹던 시절
자취생의 동반자 얇은 주머니의 구세주
남녀노소 누구나 요리사 되었고
김치와 단짝을 이루는 서민의 친구

겨울 등산길 눈 오는 정상에서 컵라면 국물 맛
글루텐의 위협도 무시하는 면발의 유혹
작은 냄비에 보글보글 끓어오르면
김치 걸친 얼큰한 라면 한입에 오감이 자르르
호호 불며 소주 한잔의 환희

아궁이

가라앉은 깊은 심연의 밑바닥 같은
컴컴한 목구멍 먹칠한 구석구석이
성냥불 속에 희미하게 검게 벌린 입

화르르 불꽃 일면 전율이 전해지고
허기진 듯 땔감 삼키며
꾸역꾸역 연기 내뿜더니
경쾌한 소리로 화광이 뻗는다

불빛에 하늘하늘 그림자 춤추고
아랫목 이불속 묻어 둔 밥공기도 따끈따끈
자는 아이 이마에 붉게 홍조 오르고
굴뚝 뽀얀 연기 뿌리 하늘 오를 때

아궁이도 반짝반짝 작은 불빛 남기고
온기 속에 가물가물 눈꺼풀 내리고
소리 죽여 밤을 맞는다

봄의 연정

먼 남쪽에서 밀려오는 작은 아지랑이
이른 봄날 숲속 그늘에 나른하게 오르고

봄맞이 기지개 켜는 나무 그늘 사이로
수줍음 머금고 살포시 피어오른 꽃잎이
살랑살랑 봄바람에 작은 꽃잎 흔들며
초록 꽃 바침 덩달아 어깨춤 추임새

분홍빛 볼 언저리 발그레 번지고
마주친 해맑은 눈빛이 수줍어지는
어린 시절 봄날에 숨바꼭질하던
장독대 옆 꽃 더미 속에서 찾아낸
옆집 아이 옥이 눈빛처럼 고와
숨은 기억 떠올리며 가슴이 두근두근

구절초 연민

낮은 언덕 외딴길
머금은 햇살 떠나면
홀로 긴 밤 지키는
한 떨기 구절초

간밤에 무서리
고운 꽃잎 적실라
안타까운 심사에
땀내 나는 홑적삼 벗어
파르르 떨리는
꽃잎 덮어 줄까나

술잔의 하루

목욕 재개하고
종일 숨죽여 기다리다가
해 질 무렵 다소곳이 자리 잡고

꼴꼴꼴 기분 좋은 소리 전하며
발 빠르게 입가에 부딪히면
짜르르한 감탄사가 몸에 전해지고

시간이 흐를수록 더뎌지는 발걸음
왁자지껄 웃음소리 뒤섞여
무뎌진 목소리와 고성방가 파열음

어지럽게 뒤섞여 뒹굴다 초라하게 남아
애환에 익숙한 듯 가득 채운 술잔에
불빛에 비쳐 작은 파도 춤춘다.

귀천

가을비 흩뿌리고 바람 숨죽이는 날
낯익은 산자락 골목길 들어서니
산천은 유구한데 반기는 동무도 없이

90년 속세에 부대낀 육신은 버려두고
세상사 찌든 먼지 훌훌 털어버리고
고향 들녘 유유히 돌아보니
90년 인생이 마치 꿈만 같도다

봄의 향기 흐르는 먼 산 보이는 언덕
나른한 영혼 눕히고 깊은 잠에 빠진다

아버지

느지막이 얻은 아들
엄하기는 서릿발처럼 매서운 자식 교육
받아오는 나쁜 성적표도 싫은 내색 없더니
어쩌다 타 오는 상장 보시고 좋은 표정 숨기시더니
딴청 하며 옆집 아재들 불러다 막걸리 잔치

여름날 수박 서리로 주인 뒷덜미 잡혀 들어서니
머리 조아려 사죄하고 깊은 한숨 내쉬더니
떨리는 손으로 싸리 회초리 종아리 두드리시고
휑하니 문 열고 나가시는 어깨가 작아 보인다

날마다 힘겨운 농사일 마치고 자리 뉘시면
간간이 들려오는 힘겨운 앓는 소리
등록금 기일 맞추시느라 이웃이나 친척 집 들락거리고
회갑 잔칫날 아버지 업고 마당 한 바퀴 도는데
가벼운 아버지 육신에 코끝 시리다

긴 세월 고된 육신은 자식에게 거름으로 다 내주시고
서둘러 먼 길 떠나시던 날 떨리는 야윈 손
훌쩍 세월 지나 아버지 나이 되니
그 은혜 갚지 못한 회한과 북받치는 그리움이 밀려온다.

제목 : 아버지
시낭송 : 박영애
스마트폰으로 QR 코드를 스캔하면
시낭송을 감상할 수 있습니다

세월 거친 사람들

댓돌에 이슬이 내리고
소슬바람 부니
먹먹한 중년의 가슴

중천의 달빛 속에
먼 길 재촉 하는
기러기 떼 날갯짓

듬성듬성 흰머리에
늦가을 바람 스치니
달빛에 홀로 서서
지난 세월 깊이를 재 본다

여름날의 공포

밤마다 벌어지는 모기와 전쟁
모기 눈치 보는 심야의 긴장감

다행히 모기 기척 없어
편안한 잠 막 들었는데
어디선가 들려오는 앵앵 모기 우는소리
천둥보다 더 화들짝 놀라 깨어나
불을 켜고 둘러봐도 모기는 간곳없고

벌써 팔뚝에 붉은 도장으로 영역 표시하고
인내를 가지고 두리번거리다가
용케도 배불러 둔한 모기 손바닥으로 치고 나면
모기는 무전취식 피 반납하고 생을 마친다
아 ~~ 정상을 정복한 환희를 아느냐

다시 잠이 드는데 또다시 앵앵
짧은 여름밤 잠 설치네

백수 장돌뱅이

공원 숲길 귀퉁이
일찍이 길가에 열린 아침 장

건어물, 고등어, 오징어 좌판에
풋고추, 상추, 오이, 양파
제철에는 마늘, 참외, 자두, 늙은 호박
철마다 보이는 푸성귀들 정겹게 놓이고

허리 굽은 단골 할머니
느린 걸음 좌판 주변 서성이며
검은 비닐봉지 뒷춤에 들고
미소 짓는다

비 오는 날은 장사꾼도 할머니도
약속하듯 보이지 않고
먼발치 좌판 자리 살피며
빈손으로 돌아서는 장돌뱅이

담배꽁초

으슥한 복도 구석에
홀로 서 있는 재떨이
각색의 쌓인 담배꽁초

애환과 시련 속에 타다가
불꽃 지며 길게 연기 토하고
켜켜이 부여잡고 쌓여 있다
비틀 듯 미련 없이 던져 버린다

온갖 고민과 한숨을 쏟아 냈으면
씹히고 노랗게 질린 몰골이 되어
무표정하게 늦은 오후 그늘에서
타다 남은 몸끼리 엉켜 운다

한여름 툇마루

뜨거운 햇살 중천도 가기 전에
처마 끝 그늘도 움츠려 물러서 버리고
달아오른 마당은 맨발 밑이 뜨끈뜨끈

축 처진 강아지 느린 걸음도
그늘을 찾아 누워 긴 혀 빼물고 할딱할딱
아이 어른 그을린 까만 얼굴은
쨍쨍 내리쬐는 햇살 아래 땀방울 송송

우물가 엎드려 등목
얼음골 샘물 한 동이 떠다가
찬물에 식은 보리밥 말아 후룩후룩
풋고추 된장 찍어 한 입 배어서 물면

달궈진 복날 열기 올라도
바람 지나는 나무 그늘 매미 소리
툇마루 가물가물 코 고는 소리

청풍호반의 자취

굽이굽이 연두색 융단 펼치고
코끝에 신록의 향기에 쌓여
호수 위 실바람 스치니
물빛도 초록빛 춤사위

가르마 타고 흐르는 뱃머리에
골마다 새겨진 옛 자취
온갖 사연 수중에 품고 말이 없네

우뚝 솟은 옥순봉 당당한 기세
천만년 긴 세월 지켜내고
구담봉 병풍바위가 옛이야기 전한다

퇴계와 두향의 서러운 이별이
맑고 맑은 호수에 담고
쪽빛 호수 속 뭉게구름 옛 자취 품는다

엄마의 세월

흑백사진 속 스무 살 저리도 고운데
맏딸 결혼식 신부 언니 같다더니
육순 잔치 쪽머리 반듯하더니
팔순 지나 바람 빠지듯 앙상한 육신

미역국 한 그릇에 오 남매 산후조리
둘째 딸 낳은 날은 시어머니 눈총
새벽부터 저녁까지 밭일 논일 어른 봉양
해 지면 여덟 식구 뒷바라지
첫닭이 울어야 까무러치듯 쪽잠 자고
굽이굽이 긴 세월 희생 감내하고

늘그막 가족 다 떠난 옛집 홀로 남아
앞마당에 채소 가꾸는 그 버릇
꽃 피면 봄이고 열매 영글면 가을 왔나 보다
작은 몸 텃밭에 쪼그려 앉아도
참새 떼, 들고양이 무심하게 스쳐가네

한낮

햇살에 날개 이슬 터는 잠자리도
불볕 햇살에 잎새로 숨어
매달려 소리치는 매미도 힘겨운 한낮

들판의 푸르른 나락 다발이 바람에 춤추고
땡볕에 더 짙푸르게 출렁출렁
노을 질 때 초록 대지의 입김 식어가고

어둑한 하늘가에 산들바람 다가와
풀숲에 사박사박 은빛 이슬 내리면
숨죽이던 풀벌레 소리 사방에 들리고

두엄자리 모깃불 피우고
뛰놀던 아이들 두레박 채 물 뒤집어쓰고
마당에 지릅때기 멍석에 온 식구 둘러앉아
칼국수에 열무김치 저녁 먹으며
아이들 낮에 놀던 이야기꽃 피우고

멍석에 누워 하늘 올려다보면
하늘마당 쏟아 내릴 듯 별 잔치
아이 어른 없이 무거운 눈꺼풀 스르르

가을 문턱

뜨거운 한여름 햇살을
쪽빛 물속에서 꺼낸 참외처럼
꺾인 더위는 하늘가로 저만치 물리고

가을 햇살 받은 잠자리 은빛 날갯짓
넓은 채반 굵고 실한 붉은 고추 널리고
코스모스 꽃망울 조심스레 내민 머리
장독대 옆 봉선화꽃에 벌 나비 들락날락

기세 좋던 푸르른 녹음 한숨 돌리고
들녘의 벼포기 물 알 익어가누나
밭두렁 둥근 호박 누런 줄무늬

농부의 갈색 깊고 굵은 주름에
땀방울 잦아든 얼굴 가득한 미소
하늘가 뭉게구름 가을 문턱 넘어서
사방이 가을에 쌓인다

가을 허수아비

산야 물들이며 내려온 가을빛
작은 둔덕에도 밝게 물들이고
너른 들판에 황금빛 물결 춤춘다

곱던 단풍이 갈색으로 갈아입고
회색 땅거미 퍼지듯 색이 바래져 간다
논둑에 뒤처져 홀로선 허수아비

홑겹 옷깃 사이로 가을바람 차구나
낡은 소매 흔들던 참새 떼도 떠나고
눌러쓴 밀짚모자 찬바람에 벗겨지고
민둥머리 허허롭고 민망하네

할 일 끝난 허수아비 삭풍에 홀로 떨며
늦가을 석양 바라보는 눈빛이
삭풍 몰아치는 겨울 알린다

인생 만추

굽고 가파른 길 숨차게 올라서니
겹겹이 쌓인 산봉우리 골마다 고운 물결
하늘 닿은 고갯마루 이른 만추가 찾아들고

곱던 단풍 지고 삭풍이 지나가도
새싹 틔우며 새로운 봄이 찾아오건만
인생의 사계는 오직 한 번
곱고 서러운 색 바랜 낙엽처럼
봄 없는 남은 여정이 가슴 시리지만

짧지도 않은 걸어온 길 돌아보니
굽이굽이 파란만장 얼룩진 인생길
석양빛 받은 은빛 새치 깊은 주름
중년의 뒤안길이 저만치 휘어져 있구나

추석

하늘은 드높게 푸르고 푸르다
밝은 햇살 속에 산들바람 스치고
황금빛 나락 들판에 펼치고
발갛게 익은 홍시가 대롱대롱
가을밤 둥근 달밤 철새들 날고

추석 대목장 나들이에 웃음꽃 피네
추석빔 옷가지가 곱기도 하다
송편 빚고 시루떡 쪄내 전 부치니
집집이 고소한 냄새 풍기고
상 차려 차례 모시고 둥근달 보며
한 해 들 농사 자식 농사 감사
형제 친척 모여 앉아 웃음꽃 피는
하루가 짧은 행복한 한가위

점빵 할매

녹슨 미닫이문 힘주어 열고 들어가면
낮인데도 어둑한 십 촉짜리 전등 아래
세 번은 불러야 굽은 허리 내밀고
백발 아래 작은 실눈 뜨고 미소 짓는 할매

앞집 영자는 엄마 심부름으로 국수 찾고
잔돈 쪼개 군것질은 심부름 값
다리 건너 창수는 아버지 외상 술 심부름
망할 놈 하면서도 탁주 한 주전자 퍼주고
떠꺼머리총각 뒷마당 툇마루에 술추렴
아들 내외 들 일 마친 저녁나절
점빵 할매 얼굴에 붉은 노을 적시네

섣달그믐날

마당 귀퉁이 활활 타오르는 가마솥에
콩물 끓여 두부 만들고
낮은 부엌에 고소한 전 부치는 내음
아랫방은 긴 가래떡 썰고

곳간에 익은 술 용수 박아 따로 뜨고
막걸리 사발에 김 오르는 두부 한입
아랫방 뒷방 군불 때는 자욱한 연기
객지에서 삼촌 누나 환한 얼굴에 선물 꾸러미
설빔 입고 고이 걸어두고 웃음 짓는 아이들
강정에 가래떡 구이에 아이들 입놀림

삭풍에 울든 나뭇가지 문풍지 지칠 즈음
서산마루에 한자 남짓 걸린 해님
비추던 햇살 조금씩 가라앉는 노을 바라보며
어른들은 그저 무탈함에 그저 감사하다
어른, 아이 없이 밤새기 놀이로 흩어지고
호롱불 켜고 늦은 밤까지 분주한 엄마 일손
섣달 그믐밤은 새해를 향해 깊어 간다

정월 대보름

오곡밥에 묵나물 무쳐내고
해뜨기 전 이웃 아이에게 더위 팔고
아침 귀밝이술 부럼 깨문다
부지런한 일꾼 나무 아홉짐 밥 아홉 그릇

층층이 모여 멍석 깔고 윷놀이 널뛰기
풍악대 집집이 지신 밟고 술상 내고
뒷동산에 휘영청 대보름 달님 오르니
옆집 이쁜이 단발머리 아래도 보름달
할매 엄마 정한수 떠 놓고
우리 가족 한 해 무탈 빌고 빈다

달집 태우고 쥐불놀이 추억들
도시 달빛 아래 먹먹한 그리움
달 속에 그 시절 그림만 흘러간다

매화

겨우내 언 손 비비며
꽃망울 터트리고

화사한 봄소식 전하더니
시린 손 녹기도 전에
가녀린 몸매 하늘하늘 춤추듯
마른 풀잎에 살포시 날개 내리고

초록의 부푼 가슴이
애잔한 네 모습에
못 이룬 사랑의 미련처럼
아픈 연민 밀려온다

희추

아지랑이 피어오른 언덕배기 밭 자락
희추 꽃 화사하게 피어나고

봄나들이 준비하는 가슴 부푼 여심들
나른한 햇살 뒷덜미에 내려앉고
봄바람이 홑치마 틈새 간지럽다
올봄에는
지난봄 못 이룬 춘정 풀어 보려나

자연 찬미

밝은 햇살 어울려 눈부시다
수줍고 화사한 꽃 빛이여
여린 햇순의 밝은 손짓도
향기에 아름다움에

나비도 하늘 나는 작은 새도
날개 쉬지 않고

더 곱고 빛나는 다른 눈길
너를 바라보며 뛰는 가슴들

초행

아무도 가지 않은 길
낯선 곳 나서니
발걸음 힘겹지만
궁금증 솟고
내가 찾는 꿈
그곳에 있을 것 같은데
가자 하잖니
그게
사는 이유니까

철 지난 사월 생

선잠 깬 생일날
낳고 길러주시고 떠나신 분 생각
먹먹한 가슴 한 귀퉁이

부엌에 달그닥거리는 소리
아침부터 생일상 크게 차리려나
밍밍한 미역국 한 사발
쌀밥에 말아 생일 때우고

사월의 아름다운 풍경
사계는 꽃과 초록의 향연
왜 더 가슴 시릴까
예순일곱 번째 살아온 날

비 요일

이른 아침 창밖을 두드리는 빗소리
가슴속에 파도가 인다
일과는 접어두고
흐릿한 도시 창밖에
흩뿌리는 빗방울에 눈길 주며
상념에 빠진다
비 오는 날은
모두 시인이 된다

공작새와 시골 닭

공작의 화려한 깃털이
꿈에 그리던 행복을 알린다

수수한 시골 닭 외면하고
화려한 공작새 날개 선택
멋진 인생의 기대는 잠시
내가 믿은 공작새는
다른 새에게 또 다른 화려한 날개짓

처음의 우아한 몸짓 대신
난폭한 부리로 쪼아 댄다
차츰 깃털 뽑아 먹이 만들고
털 빠진 앙상한 몰골

부지런한 천성으로 모이 모아
건장한 깃털 변함없는 시골 닭
딱한 듯 측은히 공작새 바라보네

때

그때는 왜 몰랐을까
최고 좋은 때인데

아무도 되돌릴 수 없는 그때
망각의 동물 본성인가
자기 편의주의 인가
모든 일에 때가 있는데
항상 지나고 후회할까

어쩌면 지금이
적당한 때인데
또 놓친 건 아닐까

강물

아침햇살에 반짝이는
보석 융단 실어 나르고
산야를 굽이돌며
대지를 흠뻑 적신다

내 안에 억만의 생명 품고
어둠 속에서도 별빛 실어 나르고

서두르지도 않지만
유유함은 은근하고 멈춤이 없다
우리 삶도 강물처럼 흘러
바다에 닿겠지

가시 잃은 장미

꽃의 여왕인 이유는

아름다운 자태와 향 풍길 때
소리 없이 지켜주는 가시 때문

가시 버리고 향기 뿜어도
이젠 예전의 장미 아니다

가시 다시 찾아라
너도 자존심은 지켜라
작은 환호에 집착 버리자
너는 장미니까

독초

국가와 국민을 위해
한 몸 바친다더니

나라와 민생을 핑계로
패거리 만들어 내 밥그릇부터
내 생각 내 뜻은 다 맞는데
거슬리는 자들은 나쁜 놈

금방 들통나도 일단 우기고
아니면 말고
도덕도 외면한 편견주의
나라 망칠 독초들

그나마 서민들
소리 없이 나라 지키길 망정이지

발의 기억

해가 늬엿거리면
발이 알아서 가는 곳

그곳에 가면
알싸하게 익은 술냄새

내 마음 잘 읽는
발은 천재다

엄마의 방학

엄마는 새벽부터 바쁘다
밥 짓고 도시락 챙기고
뛰놀다 찌든 교복 손질하고
준비물 기성회비 달라는 손

사또 행차 등굣길 끝나면
집안일 들 일

방학 날 환호하며 들뜬 아이들
부엌에서 밥 짓는 어머니도
입가에 가늘게 미소 떠오른다
오냐! 이 애미도 방학이다

잠시 지난 방학 되새기니
한숨이 절로 난다
이젠 종일 저것들 부대껴야 하네

갱식이

짧은 겨울 해 땅거미 지면
매캐한 연기 품는 집

어둑한 호롱불 켜고
온 식구 저녁상 둘러앉아
식은 밥에 김치 국시 넣은 갱식이

씹는 둥 마는 둥 후룩 후루룩
숟가락 뒤져가며 보물 찾는 막내
시무룩한 표정에 꺼적꺼적

딱하게 건네는 애잔한 엄마 눈길
아버지 헛기침에 다들 손 놀린다

모내기

이랴 이랴 어허
흥건한 물 논에 흙탕물 튀고
쓰레질에 아버지 목소리 구성지다

모춤 날라 던지고
못줄 대는 뒷집 아재 노랫가락
늘어선 아낙들 바삐 허리 굽혀
물 논에 연두색 수놓고 뿌리고

푸짐한 새참 밥 막걸리 한 사발
아픈 허리 잠시 잊는다
젖먹이 업은 아이
새참 밥이 달다

봄비

토닥토닥 나뭇잎 두드리고
유리창 적시며
대지의 초록을 감싼다

빗줄기 바라보며
봄비에 밀려드는 상념 더듬으며
하다 남긴 무엇이
나의 희미한 뇌리를 두드린다

시야는 점점 좁아지고
마음도 한곳으로 모인 듯 하나
곧 빗줄기 속으로 흩어져
흔적 없이 사라진다

아무것도 손에 잡히지 않는다
텅 빈 가슴속에 빗소리만 가득찬다

오래된 나무

비바람 폭설에
묵묵히 버틴 긴 시간
등가죽 무게가 무뎌
거친 손발은
감각마저 둔해진다
깊은 뿌리 속에는
심연의 아픔 부여잡고
말없이 그 자리 지킨다
태연한 척

감지덕지

잘도 버티어 왔다
엄동설한 오뉴월 땡볕에도
코흘리개 시골 아이는
어찌어찌 이 나이까지
무탈하게 잘 버텼다

피땀 팔아 길러주신 부모님 덕
큰 탈 없이 이겨낸 몸뚱이
시절 좋아 밥벌이 걱정 덜고

복 많게 무던하고 고운 색시
자식들 건강하게 유별나지 않고
작은 몸 기댈 보금자리 얻고

중년에도 할 일 있는 사회
하루 멀게 안부 전하는 동창들
해 지면 목축이는 친구와 지인들
참으로 인생 감지덕지로세

사랑은 새순처럼 돋고

사랑의 상처는
아물지 않는
지독히 쓰라린
그리움 되어 남는데

텅 빈 가슴 채우려
사랑을 갈구한다
이별의 고통보다 더한
공허의 무서움 때문일까

사랑은 산소 같아
사랑 잃은 삶은
향기 없는 영혼은
향기 없는 조화니까

사는 것이

돈에 청춘 불사르고
사랑도 의리도 미루고
거친 길 헤쳐 다녔지

돈다발 안은 행복은 찰나
혈기왕성한 청년은 어디로 가고
병에 찌든 노인만 남았네

사랑도 인정도 다 떠난
도리킬 수 없는 회한 속에
쳐진 눈가 파르르 떤다

열무 국시

갓 빻은 밀가루 포대 메고
엄마 따라 국시 빼러 간다
국시 틀에서 면발 출렁이며
가위로 싹둑 잘라 햇살에 널고

동솥에 불 지펴 삶고 찬물에 헹궈
자배기 가득 물김치 말아
차지게 입속 감기고
아삭아삭 씹히는 열무김치

매캐한 모깃불 연기 속에
마당에 멍석 펴고
한여름 저녁 국시 먹던 날

하늘에서 은하수 쏟아진다

옹달샘

뙤약볕 고개 넘어 새참 심부름
찌그러진 노란 주전자 흔들며
산자락 응달 샘물 뜨는 아이

바위틈 졸졸졸 샘물 소리
나뭇잎 잔 만들어 목축이고
찰랑찰랑 주전자 채워

아버지 시원한 목젖
보리밥 물 말아 고추 찍어 드신다
이제는 찾는 이 없는 옹달샘

술빵

막걸리 섞어 반죽 재워
강낭콩 드문드문 섞고
두툼한 술빵 쪄는 누나

빵 귀퉁이 콩부터 빼먹고
입안 가득 찰지고 감미로움

소먹이 갔다 해질 때
대바구니 담긴 술빵 그리운 아이
소고삐 흔들어 재촉한다

낙화암

유유자적 흐르는 백마강 기슭
긴 세월에 흘러 흘러 쌓인
수많은 사연 품고

낙화암 벼랑 천년을 돌아보니
세월의 흥망성쇠 말없이 지켜보네

바람 소리 물소리 여전한데
낙화암 꽃비 내리던 날 아픔
스치는 바람결에 탄식 흘러 보내는
낙화의 영혼들 숨결 들리네

벗 오는 소리

외로움에 지쳐 먼 하늘 바라보며
낮은 소리로 벗을 찾는다
어쩌면 네가 와 주면
울고 싶은 내 마음 덜 아플까

잠결에 벗이 부르는 소리
귓가에 촉촉한 바람 실어 나르며
풀 잎사귀 토닥토닥 두드리고
갈라져 목마른 바닥 적신다

그리움과 아쉬움에 풀죽은 마음에
속삭이듯 달래주며
메마르고 텅 빈 가슴 구석구석 스며
촉촉이 젖어오며 생채기 보듬는다

나락꽃

가마솥 장작불 같은 더위에
불덩이 뿌리듯 한여름 햇살에
태풍에 뿌리 부여잡고 버티더니

진녹색 줄기에 꽃 피우고
구리빛 깊은 주름에 맺힌
애태운 농부의 마음 읽었지

사각사각 바람 스치는 논배미
풍년 알리는 나락꽃 춤추고
늦여름 들판에 녹색 파도 타며
나락이 영글어 간다

고독

바람도 없는데
커다란 파도가
어둠 속에서 덮쳐 온다

내 육신을 투과하여
영혼을 스치며 지나더니
가슴속 남은 그리움마저
훔치듯 쓸어 가고

간절히 바라던
한 점 남은 빛도
점이 되어 멀리 사라지네

지친 긴 시간 기다리니
작은 빛 다시 다가와
멍든 가슴에 흡수되어
어둠에 잠긴다

굽은 나무

모종 때는 곱고 실했는데
모진 비바람 엄동설한에
버티다 버티다 휘고 굽으며
메마른 땅 뿌리 내리고
꽃피우고 열매 맺는다

맺은 씨앗 퍼트려
사방 뿌리고
힘들게 힘들게 키워낸
아버지 닮은 굽은 나무가
이 땅을 지키고
뿌리 내렸다

못 전한 편지

아주 오래 지난 그날
우산도 없이
내 손 뿌리치고
긴 머리 찰랑이며
빗속에 떠나간
눈이 맑고 볼이 이쁜 아이

밤새 가슴 조이며
쓰고 읽고 다시 쓴 편지
자존심 때문에
전하지 못한 사랑의 세레나데

긴 시간 지난 그 자리
주름진 눈가에 씁쓸한 미소

석별

네가 떠나던 날
가을 하늘 밤 작은 별 떴다

먼 길 떠나는 손 잡지 못하고
안타깝게도 때 이른 갈림길

쌓인 정 가슴에 묻고
네가 그리우면
밤하늘 별 보며
못 전한 이야기 해 줄게
보고 싶다 사랑한다

억새꽃

황금빛 들판 갈색으로 바뀌며
일손 놓은 허수아비 풀죽어 서 있고
할머니 머리카락 닮은 꽃

하얀 손 흔들며 홀로 들녘 지킨다
짧은 가을 해 떨어지고
하늘가 먼 길 떠나는 기러기
성긴 꽃대에 가을바람 뿌리며
찬 서리 맞으며 긴 밤 외로워

별빛에 손짓하며 말동무 찾는다
억새꽃은 홀로 춤추며
가을밤 지킨다

홍시

가을 햇살 비치는
한적한 비탈밭 귀퉁이
잎사귀 떠나보내고
발그레한 홍시들 옹기종기

간밤 무서리에 떨다가
게으름뱅이 가을 햇살 반갑다
잘 익은 홍시에 손 내미니
먼저 가지에 자리 잡은 까치
깍깍 소리치며 투덜투덜

홍시는 양보하고
늦은 가을 길 걷는다

새벽길

자명종 소리에 단잠 버리고
부스스 기지개조차 없이
아침을 깨운다

이리저리 챙기고
어두운 길 소리죽여 빠져나와
조는 가로등 밑을 지나면
마치지 못한 취객들과
나같이 바쁜 사람들
새벽을 열고

여명 걷히면 활기가 솟고
익숙한 하루를 맞는다

전염병 기생충

이 세상 태어난 감사는커녕
낳고 길러주신 은혜 등지고
친구 이웃 신세 끼치며
지금도 받을 것만 바라네

모질고 사랑 없이 자란 잡초
거슬리는 이웃 집어삼키고
내 편 내 생각은 항상 옳고
잔소리 쓴소리는 너무 싫지?

인생 그렇게 살다 보면
사방에 원망과 적이 우글거리고

코앞 낭떠러지
남의 길인 양 바라보며
먹이 찾아 흰자위 번뜩번뜩
푸른 초원의 독초 같은 인생

삼복

새벽 하늘가 밝아 오면
밤새 울던 풀벌레 소리
젖은 날개 털고 숨고른다

아침 입새부터
햇살에 데인 땅덩이와 풀거죽이
소리 없이 바등댄다

땡볕에 고개 숙인 풀잎
날던 새들도 날개 접어 숨고
마당 황토흙에 배 깔고 할딱이는 삽살개

들일에 지쳐 새참에 일 마치고
깊은 샘물로 달은 몸 식힌다
김치 국물에 밥 말아 먹고
그늘 밑에 매미 우는 소리 들리고
툇마루 위 돗자리 타고
꿈나라 가신 아버지

가을 소풍

구절초 곱게 뿌려진 길섶에
발갛게 익은 사과는 미소 짓고
들녘에 나락 샛노랗게 익는다

코스모스 산들거리며
수줍게 반기다 숨는다

소풍 나온 중년의 아이들
가슴 설레며
눈가의 주름 접힌 밝은 미소가
반갑게 손잡고 정 나눈다

소싯적 아이처럼 목소리 흥겹고
가을 햇살 빛나는
아름다운 철 지난 아이들 소풍

오솔길

아무도 없는
봄볕 그늘진 그길
걷다 보면

떡갈나무 뒤에서
양손 활짝 벌리고
그녀가 미소로 반길 듯

초록 향기 마시며
기다림 가득한 오솔길
그곳에 가면 그녀를 만날 것 같다

옛날 자리

해가 50번 바뀌기 전 그해
열일곱 살 소년이 이곳에 있었지

눈뜨고 코 베어 간다던 서울
화려한 야경이 그리 설레고
까무잡잡한 얼굴에 검은색 잠바
서울내기들 곱고 뽀얀 얼굴에 주눅 들고
멋지게 차린 옷맵시가 부러웠지

그 아이는 그림자처럼 사라지고
양복 차림의 노신사가 노을에 서 있네

빌딩 숲 이리저리 가늠하며
카바이트 불빛 아래 잔술 치던 어른 사이
어묵꼬치 달게 먹던 포장마차 자리
아련한 그리움 가슴 적신다

달맞이

서녘 노을 등 켜지다
금방 사라지더니
하늘가에 달빛 스민다

강물에 비친 구름 그림자
풀벌레 소리 은은하다

기다리던 님이 밝게 솟고
사위의 수줍은 모습 드러나고
달그림자 따라 걸으며
사색의 밤이 깊어 지네

새재길

물소리 바람 소리
솔향기 나르는 새소리
세상 바깥 폭염 잊은 채
속세의 찌든 상념 씻긴다

나그네 되어 과거길 떠난 선비나
삶만큼 버거운 등짐 진 방물장수
가마 타고 친정길 오른 각시도
새재길 거친 숱한 발걸음

긴 세월 우여곡절 품고
오늘도 오는 걸음 맞아 주네

능수버들

남서쪽 봄바람 불어
물기 머금은 능수버들
낭창한 초록 허리 흔드네

봄볕의 아낙 걸음 멈추고
버들가지와 장단 맞추며

양 볼에 홍조 가득 담고
봄바람에 여심 주체 못하고
바람 따라 마냥 흔들리네

자랑거리

첫 딸 이어 두 번째 아들 얻고
우리 할머니 동네방네 자랑 팔고
소싯적 귀엽고 똘망똘망 칭찬에
아이 업은 엄마 얼굴에 미소 가득

초등학교 가을 운동회 달리기 일등에
환호와 박수로 웃던 우리 엄마
수월한 대학 입학에
어깨 으쓱이며 기분은 부모님 몫

좋은 직장 다닌다고 온 동네 소문나고
고운 색시 얻었다며 부러운 친구 엄마
자랑거리 끊임 없는 귀한 아들

만만찮은 세상살이 자랑은 점점 줄고
직장 상사 눈치 보며
중년의 나이에 딱히 내세울 것도 없고
홀로 포장마차 쓴 소주잔 기울이며
손꼽아 예전 자랑거리 안주 대신 씹는다

산 벚나무

청명한 사월의 하늘 아래
청회색 산 능선 굽이굽이

골마다 솜사탕 뿌려놓은 듯
구석구석 밝은 꽃 불 켜고
산 아랫도리부터 초록 칠하고
산 넘어 뻐꾸기 우는소리
봄날의 화사한 마음
두근두근 가슴 흔든다

주흘산

맑고 파란 아침 봄 하늘에
이마에 햇살 받으며 높이 솟아
양팔 벌려 사방을 어우른다

계절에 무관심한 듯 하나
봄의 교태에 슬며시 화답하듯
싱그러운 초록 옷 갈아입고
가까이 오라 손짓한다

지친 발걸음 잠시 멈추고
포근한 넓은 품안에 기대어
엄마 내음 느끼며 쉬어나 갈까

할배 이마

어린 시절 기억 속 우리 할배
지게 지고 들에 나갈 때 밀짚모자
동네잔치 장날에는 중절모

밥상 따로 받고 마주하면
우리 집 안방에는 작은 보름달
머리꼭지 넘어 귀밑까지
반짝반짝 빛나는 할배 이마

뻐꺼지 할배라 놀리는 악동들
항상 빙긋빙긋 미소 보내며
거울 앞에 서니
그곳에 소싯적 할배가 서 있다

기척

여명이 어렴풋한 이른 아침
마당 쓰는 아버지 헛기침 소리
내 방에 불 켜지면 소리는 잦아든다
살며시 방문 열고 책상에 앉은 나를 보시고
'일찍 일어났구나 좀 더 자지 않고'
나직한 화두로 또 하루가 시작

한밤중 잠결에도 간간이 기침소리
긴 밤 잠 설치시며 새벽을 얼마나 기다리셨나
온갖 상념 혼자 다 안으셨나
마구 부려 먹은 육신이 보채나 보다
줄여놓은 희미한 라디오 소리

이른 아침 거실에 소리 죽여 뉴스 틀면
기척에 눈뜬 아내 손가락으로 입 가리고
'쉿, 아이들 다 들려요 조용히!'
나도 우리 아버지처럼 그런 아버지가 됐구나
중년의 새벽 하릴없이 왜 이리 길까

배꽃

산기슭 구릉 밑 비탈진 밭떼기

화사한 교태 부리지 않아도
꽃 보자기 펼쳐 소박히 피워내고
고상하게 절제하는 여인 같은 꽃

가까이 다가서며 손짓 보내도
새침하게 외면하는 자태가
긴 밤 뒤척이며 애태우네

조바심 억누르며
나에게 우아한 미소 기다린다

단풍꽃

새싹부터 곱게 단장한 단풍잎
화려한 잎새 아래 소박하게 숨은 단풍꽃

너도 꽃인데
누구 하나 눈길 주는 이 없구나

네가 만든 씨앗이 피운 고운 단풍인데
그래도 아마
너처럼 소리 없이 피다 진 꽃들이
네 서운함 알아주지 않을까

고운 단풍도 가을 찬바람에 스러지지만
네가 뿌린 씨앗은 싹을 틔우려 봄을 기다리잖아

불청객

초록빛 부드러운 이불보에
흙먼지 끼었고

화사한 봄꽃 눈부신데
꽃샘추위 따라 불쑥 불청객
먼 길 숨차게 달려오더니
먼지 한숨 토해 심술보 터지네

철없고 속 좁은 것아
너 정도 투정은 받아 주마
이제는 그만
봄비 속에 다소곳이 머리 주저앉아
싱그러운 봄의 향연 즐기자

* 2023. 4. 15. 서울지회 시 짓기 동상

127

노을빛 비치는
삶의 연가

서석노 시집

2023년 12월 18일 초판 1쇄
2023년 12월 20일 발행
지 은 이 : 서석노
펴 낸 이 : 김락호
디자인 편집 : 이은희
기 획 : 시사랑음악사랑
연 락 처 : 1899-1341
홈페이지 주소 : www.poemmusic.net
E-Mail : poemarts@hanmail.net

정가 :10,000원
ISBN : 979-11-6284-499-1